스마일 마켓

# 스마일 마켓

이종숙 소설

교유서가

# 차례

스마일 마켓
7

손가락
37

해설 | 부재가 아닌 무능과 과잉으로부터의 서사
임현(소설가)
71

작가의 말
81

스마일 마켓

태오는 윤 사장과 함께 상가운영회의에 참석했다. 지난주에 자신에게 있었던 사건으로 주변 상가 모두 긴장을 늦출 수 없었다. 당분간은 일주일에 한 번씩 회의를 열자는 의견이 나와 모두 동의했다. 누구라도 폭행을 당할 수 있으므로 매우 타당한 결정이었다. 보조금을 받기 위함은 물론이었고, 점포 경계를 강화하기 위한 논의도 필요한 시점이었다.

"이러다 총알이 날아올 수도 있는 겁니다."

윤 사장이 격앙된 목소리로 말했고 사람들은 이미 가게에 총을 준비해놓았다고 했다. 몇 사람은 이제 조용해졌으니 마음을 놓아도 되지 않느냐고 했다.

"STAY AT HOME도 풀렸으니까 코로나도 차츰 수그러들겠지요."

그렇게 마냥 희망적인 반응을 보이는 사람들의 태도가 태오는 탐탁지 않았다.

"그렇지. 총을 쏠 놈이었으면 진작 쐈지. 그깟 쓰레깃더미나 페인트를 들이붓지는 않았을 겁니다."

"그깟 쓰레깃더미라고 했습니까?"

결국 태오가 자리에서 일어났다. 쓰레기 치우고 페인트 지우는 데만 얼마나 들었는지 아느냐고 태오는 소리쳤다. 그렇게 태평하게 있다가 당하지 말고 좀 진지하게 생각해보라고도 했다. 물론 사람들의 마음을 모르는 건 아니다. 그들은 단지 걱정과 조바심에서 빨리 벗어나고 싶은 것이다. 삼십여 년 전 타운을 휩쓸고 간 태풍을 잊은 사람은 없으니까. 모든 것을 잃은 그때와 같은 일이 일어나지 않기를 바라는 것이다.

"나를 겁주려고 하는 것 같은데, 그놈이 사건의 주인공인지는 모릅니다. 전혀 관계없는 놈이 저지르는 짓일 수도 있어요. 랜덤인 거죠. 그냥 지나가다가 눈에 띠어서."

"그 여자를 구할 때 사장님이 그 흑인하고 싸웠다면 서요. 그러니까 당연히 그놈이 노리는 거지요."

남자의 이야기를 듣자 태오는 그날의 기억이 저절로 떠올랐다.

여자는 자전거를 타고 붉은 기가 도는 도로 위를 힘차게 달려왔다. 지구 끝까지라도 갈 수 있다는 듯 자전거는 빨랐고 여자의 두 다리가 규칙적으로 오르내릴 때마다 원피스 자락이 물결쳤다. 푸른 원피스를 입은 여자였다. 태오는 한 손에는 소독제, 또다른 손에는 마른걸레를 든 채 출입문을 닦다 말고 물끄러미 여자를 바라보았다. 오랫동안 보아왔던, 너무나 소중해서 잠시도 한눈을 팔 수 없는 누군가를 바라보는 듯한 표정이었다. '파도가 치는 것 같잖아.' 여자의 표정이 어땠는지 태오는 보지 못했다. 그러기에 여자는 너무 멀리 있었다. 그의 눈은 원피스 아랫단에 달린 하얗고 풍성한 레이스와 생동감 넘치는 두 다리에 머물렀다. 여자가 탄 자전거의 금속 장식에 부딪힌 햇살이 그를 향해 날아들었고 태오는 눈을 감았다. 날카로운 오후의 햇살 한 조각이 태오의 두 눈을 사정없이 찔렀다. 그때 태오는 생동감이라는 말을 떠올렸다. 그토록 낯선 말이라니! 까맣게 잊고 지냈던, 이방의 언어처럼 생경한 말이 왜 그때 떠올랐는지는 알 수 없었다. 그 말과 함께 초록 보리싹, 활짝 핀 장미꽃, 여름 벌판의 해바라기, 정원 귀퉁이를 채운 글라디올러스, 은평구 좁은 골목길을 환하게 밝히며 지나가던 교복 입은 여학생의 모습이 스쳐갔다. 그것들을 생각하는 동안 태오는 사랑스러운 감정에 빠져들었다. '살아 있어. 그래 모든 것이 살아 있어.' 그는 이것이 얼마나 얼토당토않은 생각인지, 얼마나 비현실적인 추론인지 알면서도 그 순간을 벗어나고 싶지 않았다. 그래서 조금 더 눈을 감고 있었다. 거의 일 년 동안 끝이 보이지 않는, 안개 속에 버려진 것 같은 일상을 살았다. 보이지 않는 위협과 불안에서 이제는 벗어나고 싶었다. 모처럼 찾은 평화롭고 아름다운 세계에 좀더 머물 수 있기를 그는 원했다. 마지막 단꿈에 빠진 아이의 표정으로. 그러다 이제는 깨어나야 한다고, 너무 오랫동안 머물렀다고, 자전거가, 아니 자전거 탄 여자가 사라졌으면 어떻게 하지, 생각하며 눈을 떴다.

다행히 사라졌으면 어쩌나 염려했던 여자가 그곳에

있었다. 종잡을 수 없는 불안정한 상태로, 간신히 버틴다는 말 외에 적당한 표현이 없을 만큼 두 손으로 핸들을 움켜쥔 여자는 갈팡질팡 중심을 잃고 있었다. 애쓰는 여자의 노력이 자기의 일만 같아 태오는 두 팔에 잔뜩 힘을 주고 그 모습을 바라보고 있었다. 그러다 짧은 탄식을 뱉어냈다.

"어어!"

여자가 쓰러졌다. 자전거의 질주도 막을 내렸다. 태오는 그 일이 여자의 부주의 때문에 일어났다고 생각했다. 페달을 돌리던 두 발이 균형을 잃어 자전거가 제대로 작동하지 못했기 때문이라고, 저녁 찬거리로 무엇을 살 것인지, 학교에서 돌아온 아이에게 간식으로 무엇을 줄 것인지 생각하느라 실수를 했을 거라고. 그러면서 중얼거렸다.

"타려면 제대로 타지 왜 딴생각을 해."

그는 무너진 환상 앞에서 허무한 마음을 달래며 소독액을 뿌렸다. 그러다가 조금 전까지 자신의 삶을 사랑스러움과 생동감으로 충만하게 했던 여자가 너무나 평범하다는 사실에 화가 났다. 힐 수만 있다면 시간을 되돌려 조금 더 오래 자신의 튼튼한 심장이 두근대는 소리를 듣고 싶었다.

유리문을 마저 닦다가 태오는 이상한 느낌이 들었다. 단순히 실수로 넘어졌다고 생각했던 여자가 길 위에 누워 일어나지 않았다. 가봐야 하는 거 아닌가. 많이 다친 거 같은데, 진즉 나가서 도와줘야 했던 건 아닐까. 생각은 많았으나 태오는 쉽게 다가가지 못했다. 망설이다가 겨우 여자 가까이 갔을 때 태오 눈에 들어온 것은 주황색 당근과 오렌지, 누런 종이로 감싼 알로에 잎이었다. 그것들은 나무토막처럼 누운 여자 근처에 흩어져 있었고 자전거 바퀴 아래 날카롭게 잘린 플라스틱 조각 하나가 있었다. 그것이 바퀴의 회전을 막은 듯했다. 여자는 검은 단발머리의 아시아계였다. 여자는 도와달라는 말을 하거나 스스로 자기 몸을 어떻게 해볼 생각이 없는 듯 누워 있었다. 지나가는 사람이 몇 있었으나 그들은 관심 없다는 듯 제 갈 길을 갔다. 주변을 둘러보았다. 여자에게 관심이 있어 보이는 사람은 조금 떨어진 거리에 있는 흑인 남녀뿐이었다. 그들은 두 손을 주머니에 찔러넣은 채 약간은 이기죽거리는 표정으로 여자를 보고 있었다. 태오는 뭔가 마음에 걸리긴 했지만 그렇다고 그들이 여자에게 직접적인 위해를 가했다고는 생각하지 않았다.

"괜찮아요?"

여자가 무슨 말인가를 했지만 태오는 알아들을 수 없었다. 여자는 간신히 고개를 돌릴 뿐 일어날 시도도 하지 않았다. 그가 또 물었다.

"일어날 수 있어요?"

여자가 고개를 저으며 고맙다는 말을 간신히 웅얼거렸다. 조금 전까지 파도처럼 물결치던 하얀 레이스는 구겨지고 더러워져 있었다. 태오는 여자가 더 쉬어야 한다고, 그러니 제대로 일어서기 전에 흩어진 물건을 먼저 담아야겠다고 생각해 자전거를 세운 뒤 고정쇠로 받쳐놓았다. 다음에는 저만큼 굴러간 오렌지와 당근을 주워 철제 바구니에 담았다. 바구니는 한쪽이 심하게 우그러들어 있었다. 이제 어떻게 해야 할까. 태오는 여자를 어떻게 해야 할지 몰라 잠시 서 있었다. 그대로 두고 마켓으로 들어가기에는 마음에 걸렸고 그렇다고 여자를 마켓으로 데리고 들어가는 것은 더 엄두가 나지 않았다. 911을 부를까. 잠시 생각을 정리하는 태오 앞으로 흑인 남녀가 다가왔다. 태오는 반가운 마음에 그들을 향해 살짝 웃음을 머금었다. 이제 그들이 넘어진 여자와 자신을 도와줄 거라는 확신이 들었다. 아무도 알은척하지 않았는데 다행히 이 사람들에게 도움을 받을 수 있다고 생각하니 힘이 났다. 이들이 여자의 손을 잡아 일으켜주고 가던 길을 계속 갈 수 있게 해줄 거라고 믿었다. 그러니 그들의 친절로 여자는 아무 일 없던 것처럼 집으로 돌아갈 수 있을 거였다. 태오는 마지막으로 길에 떨어져 부러진 알로에 잎을 주워들었다. 그 순간 날카로운 비명이 울려퍼졌다.

"아악!"

여자의 목소리는 절박했다. 흑인 남녀가 쓰러진 여자의 다리를 밟아 뭉개고 있었다. 태오가 옆에 있는데도 그들은 개의치 않았다. 반사적으로 여자를 도와야 한다고 생각한 태오가 그들을 힘껏 밀쳤다. 키가 크고 건장한 남자는 끄떡도 하지 않았다. 여자만이 뒤로 약간 밀려났을 뿐이었다. 그러나 무슨 짓이냐고, 왜 그러느냐고 외치던 태오 역시 어느 순간 길바닥에 나뒹굴고 말았다.

"Kung flu."

남자의 목소리가 아득해지는 것을 들으며 태오는 의식을 잃었다. 그의 머릿속은 여러 편의 영화를 동시에

상영하는 스크린처럼 정신이 없었다. 인과를 알 수 없는, 장면이 뒤엉킨 이상한 영상으로 범벅이 되었다. 태오가 눈을 떴을 때 흑인 남녀는 자리를 떠나고 없었다.

　어쩌다 맞닥뜨린 불운이었다. 여자도 태오도 그렇게 생각하기로 했다. 뒤늦게 경찰을 부르는 번거로움은 피하기로 했다. 누군가 동영상을 촬영했을 수도 있으니 찾아본다면 그들을 잡을 수도 있을 것이다. 그러나 신고한다고 해서 무엇을 해결할 수 있을 것 같지 않았다. 이 상황에서 일이 커지면 손해를 보는 건 태오 자신일 것이었다. 두 사람은 태오가 어디에서 일하는지 알고 있을 것이다. 그래서 별도의 조치 없이 끝내기로 했다. 때로는 엄연한 사실도 없는 일로 만들어야 할 때가 있다는 것을, 지금이 바로 그런 때라는 것을 태오는 알았다. 그와 함께 가슴 밑바닥 어둠 속에 숨어 있던 비굴한 용기가 고개를 들었다. '이렇게 끝난 게 어디야. 더 위험한 순간을 맞을 수도 있었어. 그 사람들이 마음만 먹었으면 나 같은 노인은 한주먹에 날릴 수도 있었겠지. 그래 이만히길 다행이라고 생각하고 잊어. 잊는 게 상책이야.' 태오는 여자의 마음이 궁금했다. 한편으로는 여자도 자신과 같은 생각을 했을 거라고 생각하며 받아들이기로 했다. 천천히 땅을 짚고 일어선 여자가 우그러든 철제 바구니에 부러진 알로에를 욱여넣으며 눈물을 닦던 모습이 생각났다. 그리고 나서 두 사람은 더는 할말이 없어 서로에게 고맙다는 인사를 하고 헤어졌다. 한 번도 본 적이 없는 여자라고, 근처에 사는 여자는 아닐 거라고 생각하며 태오는 여자를 보냈다. 그는 흰 레이스 자락이 물결치며 멀어져가는 것을 한동안 바라보았다. 그렇지만 여자를 보낸 후 태오는 자신의 행동이 뭔가 미진함을 느꼈다. 더러워진 물건을 닦다가 던져둔 것만 같았고 씻어내지 못한 비눗기가 손등에 남은 것도 같았다. 완벽한 청결을 유지하기 위해 뭔가를 더 해야 한다고, 밖에서 겪은 일 때문에 마켓 안이 오염되어서는 안 된다고 생각했다. 태오는 누구를 향한 것인지 모를 책임감으로 머리가 무거웠다.

그때마다 그는 마른걸레와 소독액이 담긴 통을 들었다. 출입문 손잡이와 자잘한 물건이 정리된 선반과 계산대에 소독액을 뿌리고 마른 수건으로 여러 번 문질렀다. 아무리 뿌리고 닦아도 그 일이 벌어지기 전의 청결함을 느낄 수 없는 것이 문제라면 문제였다. 미세먼지가 폴폴 날리는 마당에 서 있는 것처럼 껄끄러운 느낌. 그때마다 태오는 화장실로 가 비누칠한 손을 세심하게 문질렀다. 손바닥과 손가락 사이사이, 손톱 밑까지 문지르고 또 문질렀다. 그러는 동안 언뜻언뜻 묻어두고 싶은 장면들이 떠올랐다. 거대한 몸을 가진 두 남녀가 여자의 다리를 짓이기는 장면과 태오 자신을 향해 주먹을 날리던 모습, 흑인 여자가 퉤퉤 침을 뱉으며 돌아서던 모습도 보였다. 침 멀리 뱉기 시합이라도 하는 것처럼 흑인 여자는 온 힘을 다해 침을 뱉었다.

"나한테 왜 그랬어?"

태오는 그들이 자신 앞에 서 있기라도 한 것처럼 나지막이 물었다. 아무도 대답해주지 않는 화장실 거울 앞에서 몇 번이나 그렇게 물었다.

오십여 년이 넘는 이민생활 중 그런 일이 처음은 아니었다. 마켓을 운영하다보면 별별 사람이 다 있었으니까. 때로는 아량을 보여 폭력을 묵인했고 가끔은 지역사회의 한인 파워를 보이며 기를 죽이기도 했다. 그렇게 해도 안 되었을 때는 경찰을 불렀다. 더구나 나이가 육십대 중반에 들어서니 자연스럽게 직접적인 폭력에 내몰리는 일은 없었다. 그래서 자신에게 가해졌던 폭력의 공포를 막연히 옛일로 취급하며 잊고 살았다. 그런데 시간이 갈수록 주먹을 휘두르던 남자의 모습이 선명하게 떠올랐고 어느 순간부터 그 주먹은 조금씩 커져 태오의 머리를 짓눌렀다. 그날부터 태오는 되도록 창밖으로 시선을 두지 않으려고 했다. 누군가가 자신을 지켜보는 것 같았다. 나무 뒤에서 건물 모퉁이에서 자신의 모든 행동을 감시하는 것 같은 생각도 들었다. 그러다가 차라리 마켓 문을 열지 말까, 하는 생각도 했다. 하루 매출이라야 몇십 달러에 불과한데 종일 이렇게 앉아 불안과 불편을 떠안을 이유가 무엇인가. 오락가락하는 마음을 주체하지 못하다가 또다른 상황을 그려보았다. 종일 집에 박혀 아내의 감정 기류에 따라 움직이는 일은 쉬운가, 차라리 여기 나와 있는 게 낫지.

코로나만 아니었다면 지금 그는 서울에 있을 시간이다. 늙은 사촌들과 경복궁이나 덕수궁을 돌며 어릴 적 이야기를 나누면서 오죽이나 좋은 시간을 보내고 있을까. 먼젓번 방문 때 갔던 북한산도 다시 가고 남산으로 산책도 갔을 것이다. 아쉬워해봤자 소용없다는 걸 알지만, 가지 못한 여행에 대한 미련은 줄어들지 않았다. 그렇게 무의미하게 계획을 복기하는 자신이 퇴물이 다 되었다는 생각에 태오는 헛웃음이 나왔다. 구 년 전 한국에 다녀온 뒤 사촌들이 두 번이나 다녀가며 꼭 오라고 했지만 미루고 미루다보니 시간이 훌쩍 가버렸다. 태오는 자신이 무척이나 우유부단한 사람이라는 생각을 했다. 그러다 비행기 표를 구매했고 늙은 사촌들에게 줄 선물도 준비했는데, 하늘길이 막혔다. 시원찮은 놈, 모자란 놈. 그러니 이 나이에 보이지도 않는 놈이 겁나 유리창 밖이나 살피며 시시껄렁하게 사는 거지. 입맛은 씁쓸하고 사는 재미도 느낄 수 없었다. 그저 아쉬움과 한탄, 후회만 늘었다. 태오는 자리에서 일어나 마켓을 둘러보았다. 언제까지 이렇게 혼자 있어야 할까. 누구든 그저 옆에만 있어도 좀 나으려나. 그러다가 아침에 입바른 소리를 하고 나온 것을 후회했다.

"코로나가 없어질 때까지 당신은 나올 생각도 하지 마."

아내와 함께 있을 때 전날과 같은 일을 또 당한다면 견딜 재간이 없을 것 같았다. 하루에도 몇 번씩 사건을 생각하면 두 다리에 힘이 풀렸다. 그는 일을 해결하는 가장 쉬운 방법이 참는 거라는 걸 일찍 깨달았다. 열다섯 살에 은평구를 떠나 남의 나라에 왔다. 겉으로는 모든 것이 풍족해 보이고 아름다운 곳이었지만 그의 이름은 더이상 태오가 아니었다. 거지였고 작은놈이었고 노란 애였다. 억울하다고 울 때 가장 약한 자가 되는 세상의 이치도 그때 알았다. 새삼스럽게 이유 없는 폭행이 억울하다고 신고해서 달라질 것이 없다는 것을 그는 잘 안다. 오십 년 넘게 살아온 동네에서 그런 일을 당했으니 가만있어서는 안 된다고 했지만, 신고는 신고로 끝날 뿐이라는 것도 안다. 이런 일이 발생하면 모두가 다시는 그런 일이 일어나지 않도록 방지하자고 하지만, 그런 일은 또 일어날 것이다. 당장 오늘 저녁 어느 집 문 앞에서 비슷한 일이 일어나고 있을지도. 그런저런 생각을 하다보니 울화가 올라왔다. 거칠어진 호흡을 달래려 애를 쓸수록 머리까지 어질어질해졌다. 등신같이 남의 일에는 왜 나서서 그런 일을 당했는지. 누가 알아준다고, 뭐 건질 게 있다고 나섰던 건지 태오는 자신에게 자꾸 물었다. 그러다가 뭔가를 해야겠다는 생각에 두 다리를 어깨너비로 벌리고 서서 두 팔을 양쪽 옆구리에 붙였다. 엉거주춤 두 다리를 구부리고 한쪽 팔을 앞으로 뻗었다.

"얍."

바람이 빠진 것 같은 기합 소리도 우스웠지만, 오랫동안 하지 않았던 동작을 하려니 어색하기 짝이 없었다. 그래도 태오는 쉬지 않고 동작을 이어갔다. 기억을 더듬다보니 웬만한 동작들은 그럭저럭 생각났다. 이제는 고작 몇 센티미터를 들어올리기도 힘든 다리를 허공으로 들어올리려 애썼다. 그런 동작을 반복하다가 나중에는 손날을 날카롭게 뻗으며 지르기를 했다. 젊었을 때 호신술이라고 배웠던 동작이었다. 몇 분 동안 그러고 난 태오는 밀려오는 피로감에 의자에 주저앉았다. 오후에는 몇 사람이 마켓을 다녀갔다. 지루해진 태오는 캐시 박스를 열어 돈을 확인했다. 십 달러 몇 장과 백 달러 한 장, 신용카드 영수증 몇 장이 있었다. 그것들을 다시 캐시 박스에 넣고 그는 벽에 등을 기댄 뒤 눈을 감았다.

태오는 마켓 밖으로 나왔다. 저녁 거리에는 바람이 적당히 불었고 날씨는 온화했다. 이따금 마스크를 벗은 사람들이 걸어다녔다. 유모차에 아이를 태운 여자,

자전거를 타는 아이, 흰 모자를 쓴 청년 하나가 분주히 걸어갔다. 태오는 출입문 앞에서 사람들을 따라 시선을 옮겼다. 그러다 작은 건물 모퉁이에서 어른거리는 그림자를 발견했다. 분명 사람의 그림자였다. 아니, 해 질 무렵이니 모퉁이에 들어선 건물 그림자일 뿐이었다.

태오는 마켓으로 들어가 전등을 끄고 셔터를 내리고 퇴근했다. 운전하는 동안 준과 션에게 전화하리라 마음먹었으나 하지 못했다. 조금 전 마음먹었던 그 일을 깜빡 잊고 만 것이다. 현관문을 열고 들어가니 아내가 문까지 나와 마중했다. 그는 콘솔 위에 놓여 있는 손소독제를 뿌리고 화장실에서 손을 씻고 아내가 차려 준 저녁을 먹었다. 소파에 앉아 아내가 사등분해놓은 사과를 먹으며 텔레비전 뉴스를 보았다. 시그널 뮤직과 함께 메인 앵커의 얼굴이 클로즈업되었다. 그리고 첫 화면, 눈에 익은 모습이 나타났다. 그 여자였다. 뉴스는 한동안 그날의 상황을 전했고 스마일 마켓과 주변 상점 사진이 그대로 노출되었다. 아나운서 멘트에 인종차별이라는 말은 나오지 않았다. 폭행당한 여자의 이야기를 보도하면서도 그들은 혐오나 증오 같은 말은 전하지 않았다. 자전거를 타던 아시안이 공격을 받았으나 단순한 폭행이었다는 결론이었다. 넘어진 여자의 모습이 두 번 클로즈업되었고 태오와 주변 상인들이 여자를 돕는 모습이 화면을 채우다가 다음 뉴스로 넘어갔다. 모자이크 처리도 없었다. 태오는 뉴스에 나온 스마일 마켓이라는 파란색 글씨가 계속 화면에 남아 있는 것 같았다.

아내는 자신에게 그런 일을 말해주지 않아 서운하다고 화를 냈다. 무슨 일이라도 생겼으면 그때는 어떻게 하려고 했냐고, 아이들에게도 그런 일을 말해야 한다고 목소리를 높였다. 이 나이에 매맞았다는 얘기를 자식들에게 어떻게 하느냐고 태오는 말했다. 아내는 그건 누구라도 당할 수밖에 없는 범죄인데, 왜 피해자인 당신이 부끄러워하느냐고 했다. 아내 말이 다 맞았다. 하지만 그건 머릿속에서 내린 결론이었고 마음으로는 그렇지 않았다. 아내의 지지가 있었지만, 태오의 마음은 여전히 그 사건이 부끄러웠고 누구에게도 알려지지 않았으면 했다.

다음날 마켓에 들른 사람 중 몇이 뉴스 이야기를 하며 엄지를 치켜들었다. 대단했다고, 그런 용감한 일을 한 당신은 영웅이라고 했다. 태오는 그런 말들이 얼마나 우스꽝스럽고 당치않은 말인지 알고 있었다. 그들에게 그 일은 하나도 중요하지 않은 일이었다. 그러니 저토록 간단하게 입에 올리고 모든 것을 안다는 듯 손가락을 들어올리는 것이다. 저 사람들의 말은 가치를 잃은 말이라고 태오는 생각했다.

사건이 일어난 지 사흘 뒤, 아침에 태오가 마켓에 도착했을 때 가장 먼저 눈에 들어온 것은 쓰레깃더미였다.

"진짜 환장하겠네."

결코 믿고 싶지 않았지만, 며칠 동안이나 시달린 불안의 실체가 거기 있었다. 종류를 확인할 수 없을 만큼 뒤섞인 쓰레기에서는 오래된 하수구에서 나는 악취와 음식물 썩는 내가 진동했다. 계단과 출입문 앞은 물론 길가에까지 흩어진 쓰레깃더미 앞에서 태오는 혐오스럽다는 말을 생각했다.

"찌질한 새끼!"

태오가 신고를 하고 경찰이 왔다. 당신에게 위해를 가할 만한 사람이 없습니까? 경찰의 질문에 태오는 흑인 남녀를 생각했지만 성급하게 말할 수 없었다. 한 번도 이런 일이 없었다고만 답했다. 태오가 CCTV 이야기를 꺼내자 경찰은 이미 파손되었을 거라고 했다. 형식적인 질문을 몇 번 던진 경찰이 말했다.

"모든 걸 다시 확인해보고 연락하겠소."

경찰이 돌아갔고 태오는 청소업체를 불렀다. 뒷정리를 마치고 나니 오전 시간이 모두 지나갔다. 더는 아무것도 하고 싶지 않은 무기력증이 찾아왔다. 거기에 한동안 괜찮았던 허리 통증까지 시작되었다. 점심을 함께하자는 윤 사장과 갈비탕을 먹었다. 돌아오는 길에는 상인회 사무실에 들러 회의 날짜를 상의했다. 뉴스에서 아시안에 대한 혐오범죄가 일상화된다고 할 때는 조금 막연한 듯싶었다. 거리에서 마주친 흑인들이 이유 없이 욕을 하는 것은 일상이니까. 하지만 오늘 아침 쓰레기 테러는 다른 상황으로 보아야 했다. 가까운 곳에서 사건이 생기고 보니 주변 상인들도 긴장감이 높아졌다. 태오와 윤 사장은 범인을 찾기 위한 단서를 훑었다. 이런저런 인물을 제외하고 나니, 남는 것은 하나였다. 여자와 자신을 폭행하고 사라진 두 남녀. 하지만 거기에도 의문부호가 없지는 않았다. 신고도 하지 않았는데 이렇게까지 할 이유가 있을까. 의심의 여지는 충분했지만, 시간을 낭비하면서까지 괴롭힐 이유는 없다고 생각했다. 그럼 용의선상에 세울 만한 인물이 더 있을까 생각했으나 떠오르는 사람은 없었다. 모든 것은 처음으로 돌아갔다.

마켓에 드물게 손님들이 다녀갔고 오후 시간도 어정쩡하게 지나갔다. 손님이 끊긴 마켓에 정적이 찾아왔다. 아침부터 몸을 많이 쓴 탓인지 가물가물 정신이 흐릿해져서 태오는 가끔 매장 안을 산책하듯 오갔다. 불안은 웬만큼 가라앉았다. 밖은 해가 넘어가기 직전이었고 회색의 그림자가 거리를 덮었다. 망연히 밖을 바라보던 태오는 온몸에 소름이 돋는 것을 느꼈다. 가슴 깊은 곳에 남아 있던 오래전 풍경이 떠올랐다.

심장이 터져버릴 것만 같았다. 금방이라도 뜨겁고 날카로운 것이 자신의 가슴팍을 뚫고 갈지도 모른다는 공포가 몰려왔다. 검은 연기를 내뿜던 마켓 지붕에서 벌벌 떨던 일도 생각났다. 커다란 상자를 질질 끌고 가던 소년과 수많은 사람의 허둥대던 발걸음. 그리고 그 기억 한편에서 느닷없이 반짝이는 검은 단발머리에 한쪽 어깨가 처진 그 아이가 떠올랐다. 어느새 그 아이는 자전거를 타고 노르망디 거리를 달리고 있었다. 자전거 바퀴를 반쯤 가리는 풍성한 레이스가 달린 원피스를 입고 아이는 어딘가를 향해 달리고 있었다. 3번가를 달리던 아이는 16번 노선을 따라 서쪽으로 향하는 중이었다. 리치몬트 빌리지, 더 그로브 몰, 파머스 마켓을 지나 도서관 앞을 달린다. 아이의 환영은 끝없이 태오를 붙잡고 달렸다. 그러다 태오는 꿈에서 깨어난 듯 피식, 바람 빠진 소리로 웃었다.

그러고도 소심한 테러는 삼 일간 계속되었다. 구겨진 캔과 담배꽁초, 그다음날에는 붉은 페인트가 뿌려졌다. 한밤중에 뿌려놓은 것인지 태오가 도착했을 때는 반건조 오징어처럼 꾸덕꾸덕 굳어 있었다.

"이건 골탕을 먹이려는 수작이지."

그래도 당사자인 태오는 그렇게 간단하게만 생각할 수는 없었다. 누군가 자신을 특정해 싸움을 시작했으니 꼭 끝을 보고 싶었다. 마지막에는 그가 누구든 완벽한 패배를 선물하며 절망감을 주고 싶었다. 노년의 우울 속에 시시한 일싱을 보내는 자신이지만, 아직은 건재하다는 것을 보여주고 싶었다. 그렇게 하는 것이 장

난질 같은 테러 때문에 마켓을 닫지는 않을 거라는 메시지가 될 거라 믿었다. 그러다 불안을 끝내는 날이 왔다. 다음날도 그다음날도 아무 일이 일어나지 않았다. 조금은 평온한 마음으로 셔터를 올리고 조명을 켜고 청소를 했다. 선반에 진열해놓은 물건의 위치를 바꾸고 낮에는 밖으로 나가 사람들과 점심을 먹었다. 육개장과 콩나물국밥, 햄버거를 먹었다. 오후에는 밖에서 훤히 들여다보이는 마켓 창가에 앉아 차를 마셨다. 모든 것을 다 잊은 것은 아니었지만 찾아오는 손님들에게 친절한 미소로 응대했고 손님이 없는 시간에는 아내가 싸준 쌍화차를 마셨다.

　그런 날들을 보낸 끝에 맞이한 회의였다. 회의가 계속되는 동안 태오는 가만히 사람들의 이야기를 듣고만 있었다. 말은 많았으나 실효를 거둘 만한 대책은 나오지 않았다. 매출이 거의 없는 상점이 대부분이어서 문을 닫은 곳도 많았고 그사이 업종을 바꾼 곳도 있어서 회의 참석자도 많지 않았다.

　"망할 코로나가 우리를 다 죽이네요. 언제쯤 사라질까요."

회의는 서로 돕는 것이 최고의 방법이라는 뻔한 결론을 끝으로 정리되었다. 좀더 촘촘하게 연락망을 갖추고, 누구라도 피해를 입거나 그럴 가능성이 생기면 지체하지 말고 정보를 주기로 했다. 회의를 끝내고 집으로 가려던 태오는 마켓에 들렀다. 매장을 한번 더 둘러보고 싶은 마음이 들었기 때문이다. 비에 젖은 보도가 불빛을 받아 번쩍거렸고 이따금 자동차 불빛이 반사되어 괴기한 분위기를 자아냈다. 조명을 내린 마켓 안에는 음료 냉장고 조명만이 희미하게 가라앉았다. 마지막으로 안을 둘러본 태오가 밖으로 막 나오려는 순간이었다.

탕!

총은 간판 어디쯤을 겨냥한 듯했다. 태오가 서 있던 위쪽에서 플라스틱 조각들이 떨어져내렸다. 놀란 태오는 밖으로 나가지 못하고 마켓 안으로 뛰어들어갔다. 조명을 내리기는 했지만, 음료 냉장고의 푸른 불빛이 태오의 움직임을 어스름하게 비추었다. 허리를 숙인 태오가 계산대 아래로 몸을 숨기고 유 사장에게 전화를 걸었다.

"꼼짝하지 말고 기다려. 내가 신고를 할 테니."

윤 사장은 태오보다 세 살 위인 예순아홉이었다. 무엇을 어떻게 해야 할지는 너무나 잘 알고 있었지만 이건 단순한 사고가 아니라 총격 사건이었다.

"간판을 쏜 거 같아요."

"어떤 놈인지 봤어?"

"아무것도 안 보여요."

"어쨌든 총으로 응사하지는 말고 최대한 기다려야 하네."

윤 사장과 전화를 끊은 태오는 총을 꺼내 확인했다. 놈이 어디에 있는지는 모르지만 만약의 경우를 대비해야 했다. 총을 준비한 그는 아내에게 전화를 걸었다. 좀 늦어질 테니 먼저 쉬고 있으라고. 말하는 동안 태오는 거칠어지는 숨소리를 죽이려고 천천히, 아주 천천히 말했다.

놈은 어떠한 움직임도 없었다. 마켓 안은 고요했고 약간의 조명이 비추고 있을 뿐이었다. 태오는 살짝 고개를 들어 창밖을 보았다. 자동차 불빛이 지나갔고 사람은 보이지 않았다. 무엇을 해야 할까. 태오는 망설이다가 몸을 일으켜 마켓 중앙으로 걸어나갔다. 그는 보이지 않는 범인이 하고 싶은 대로 해보라는 심정이었다.

탕!

여지없이 총소리가 났고 이번에도 간판을 쏜 것 같았다. 별일이 없다면 경찰은 십 분 내에 올 것이었고 그때까지 자신은 기다리면 되었다. 누구인지는 몰라도, 그 또한 쉽게 마트 안으로 들어오지는 않을 것이었다. 태오는 땀이 찬 손을 닦았다. 무엇을 어떻게 해야 할까 생각해봤지만 할 수 있는 건 아무것도 없었다.

태오는 자전거를 타고 달리던 여자를 떠올렸다. 파도처럼 흰 레이스를 출렁이며 땅끝까지 달려갈 것 같던 여자를. 그때 그 일이 일어나지 않았다면, 용감한 시민이라는 이름을 달고 뉴스에 나오지 않았다면, 그랬다면 자신이 누군가에게 총격을 받는 일이 있었을까. 시간은 더디게 갔다. 밖은 점점 어두워졌고 언제 총소리가 났냐는 듯 고요 속에 잠들어 있었다. 태오는 다시 밖으로 나갈 작정을 하고 음료 냉장고 조명에 의지해 문 쪽으로 걸음을 옮겼다. 하나, 둘, 셋. 문손잡이를 잡고 미는 순간 탕 소리와 함께 스마일 마켓 간판이 마저 부서져내렸다.

상대는 생각보다 가까이에 있었다. 그가 원하는 건 태오를 죽이는 것이 아니라 겁을 주는 것이라는 결론을 내렸다. 별수없이 태오는 다시 마트로 들어갔다. 그나저나 경찰은 아직도 오지 않고 있었다.

"기다리라고? 또 기다리라고?"

삼십 년 전처럼, 우리는 또 이렇게 기다려야만 한다는 말이냐고 외치던 태오는 몸의 이상한 변화를 느끼며 주저앉았다. 어둠 속에서 유리창 깨지는 소리가 들리더니 사람들이 들어와 닥치는 대로 물건을 가져갔다. 자신은 누군가의 총구 앞에 무릎을 꿇고 있었다. 두 손을 앞으로 모은 채 그가 연신 중얼거렸다.

"마이 패밀리, 마이 패밀…… 아, 살려주세요."

태오는 온갖 소음이 난무하는 속에서도 오직 그 말만 했다. 그 외에는 어떤 말도 할 수 없었고 들리지도 않았다. 얼마의 시간이 흘렀고, 소음이 잦아들었다.

바닥에 주저앉아 있던 태오가 벌떡 일어나 전등 스위치가 있는 입구 쪽으로 빠르게 옮겨갔다. 그러고는 모든 스위치를 올렸다. 계산대며 물건이 쌓인 선반까지 스마일 마켓 내부가 환하게 드러났다. 태오는 유리창 밖, 어디에선가 자신을 바라보고 있을지도 모를 누군가를 향하듯 몸을 옆으로 돌려 걸었다. 너무 느리지도, 너무 빠르지도 않게 음료 냉장고를 향해 다가갔다. 이윽고 냉장고에서 커다란 물병을 꺼내 마개를 연 그가 벌컥벌컥 물을 넘겼다. 멈춘 총소리가 언제쯤 다시 들릴지는 알 수 없었다. '비열한 놈, 내가 여기 있다, 여기 있다고.' 태오는 유리창을 향해 선 채로 물을 마셨다.

"I want peace. 평화뿐이라고, 비열한 자식."

마시다 만 물병을 두 손으로 받쳐 든 태오는 그렇게 한동안 움직이지 않았다. 도로를 지나는 자동차 불빛만이 붉은 기가 도는 도로를 이따금 비추고 지나갈 뿐 거리는 텅 비어 있었다.

# 손가락

버스는 호국만세교 삼거리를 지나 정류장에 멈춰 섰다. 버스에서 내리자 따가운 햇살이 눈을 찔렀다. 선글라스도 유효기간이 있다더니 자외선 차단 기능이 떨어진 건가. 양쪽 눈에 눈물이 핑 돌았다. 몇 달 전부터 놓기 시작한 다리가 완성되었다. 마을 입구를 가로막았던 노란색 통행금지선이 사라졌고 길 양옆에는 커다란 소나무 몇 그루가 놓여 있었다. 이럴 줄 알았으면 차를 가져올걸 그랬다. 영평제 수문을 통과한 개천에 다리를 새로 놓은 것은 아버지와 이장 아저씨가 한바탕 설전을 벌이고 난 뒤였다. 오래전에 놓았던 다리 폭이 좁아 운전에 서툰 나는 집에 올 때마다 차 옆구리를 긁혔다. 그날도 엄마가 차려준 점심밥을 먹다가 차가 긁혔다고 했더니 벌써 몇번째냐며 아버지가 이장 아저씨를 만나러 갔다. 그후 몇 번에 걸친 마을 회의 끝에 다리를 새로 놓기로 했다. 내 투정 때문에 일이 크게 된 것은 아닌가 싶어 마음이 불편했지만, 회의에서 결정된 이상 그건 쓸데없는 감정 낭비일 뿐이었다. 큰 도로에서 마을로 들어오는 입구에는 식당을 알리는 입간판과 갓 묘목 티를 벗은 목련나무가 있었다. 아버지는 그것들을 다른 곳으로 옮기고 굵직한 소나무를 심으면 동네가 번듯하게 바뀔 거라는 말을 덧붙였다. 아버지 말대로 나무 몇 그루를 옮겨 심는다고 낡고 가난해 보이는 동네 모습이 바뀔 수 있을지는 미지수였다.

번듯하다는 말은 아버지가 아는 말 중에 가장 크고 확실한 말이다. 큰오빠가 육군사관학교에 진학하길 바랐으나 뜻대로 되지 않았을 때 아버지는 말했다. 번듯한 인물이 되어야 하는데, 사람이 번듯하니 내세울 게 있어야 하는데……. 큰오빠를 달래준다고 엄마가 쇠고기뭇국을 끓인 날, 그깟 육군사관학교가 뭔데 귀한 아들 기를 죽이냐며 엄마가 대거리하자 아버지는 밥상을 엎었다. 엽렵히 살림을 살며 푼푼이 모은 돈으로 쇠고기를 사고 오직 장남 사랑에 몰두했던 엄마는 단단히 화가 났었다. 다음날 오빠는 가출을 감행했고 오빠가 집으로 돌아오기까지 일주일 동안 아버지와 엄마의 냉전은 계속되었다. 아버지의 인생 목표는 사관생도의 아버지였다. 단정한 생도복, 턱을 들어올리게 하는 생도 모자, 번쩍이는 견장을 달고 마을 진입로로 늠름하게 걸어들어오는 큰아들을 맞이하는 것. 그것이 아버지가 그리던 미래였다.

"얘, 늬 아버지가 시험에 또 떨어지고 영 맥을 못 추신다."

"이젠 그만하셔도 되는데. 아버지 좀 말려봐 엄마."

"니들이 이해해야지. 아버지 꿈이 돈이 드니, 니들한테 피해를 주니? 딱 그거 하난데."

"알지, 알지만 열아홉 번이야. 좀 심하지 않아?"

"번듯하게 차를 몰고 육촌이든 고종이든 만나러 가고 싶다잖니?"

그러고 보면 누가 뭐래도 엄마는 아버지 편인 게 확실했다.

"그러니까 집에 들어와서 아버지 좀 위로해줘."

아버지의 고향은 휴전선 북쪽이다. 포천은 포천인데 북한의 포천이 된 마을. 아버지는 멍하게 북쪽을 바라보는 일이 많았다. 아버지는 그 땅에 한 번도 가보지 못했다. 아버지가 태어나기 전부터 넘을 수 없는 경계선이 있었으므로.

요즘 아버지의 목표는 운전면허를 따는 것이다. 햇수로는 사 년째, 횟수로는 열아홉번째 도전이니 한 번만 더 하면 스무 번을 채우게 된다. 올해 설날, 큰오빠가 말했다.

"일흔이시잖아요. 갖고 있던 면허증도 반납해야 할 연세인데 무슨 시험이에요?"

"……흡, 저 짝으로 큰 길이 났다. 이제 금방 통일도 될 것 같고 올해는 꼭 합격할 테니 두고 봐라."

아버지는 통일이 되어 남과 북이 자유롭게 왕래하게 되면, 당신이 운전하는 자동차에 가족을 태우고 집안 어른들을 만나러 가는 것이 소원이다. 얼굴도 본 적 없고 이름도 알지 못하는 친척들이기는 하지만.

"남북 정상들이 만났잖아. 뉴스에서 너도 보고 나도 봤는데 왜 그걸 안 믿나?"

아버지가 믿고 아는 이치는 모두 텔레비전 뉴스를 통해 만들어졌다.

"남쪽 대통령이 군사분계선도 넘었잖냐. 둘이 손잡고 남쪽으로 북쪽으로 오가면서 웃었는데. 그거면 됐지."

나는 아버지 말이 구구절절 다 옳은 것 같아도 사실은 그렇지 않아요, 라고 말하고 싶었다. 그래야 할 것만 같았다. 하지만 가만히 아버지의 헛된 바람을 오래도록 들었다.

아버지의 면허 시험은 온통 가시밭길이었다. 필기 시험 후 아버지가 전하는 낙방의 변은 언제나 한 가지였다.

"요번에도 딱 오십구 점이더라."

합격점에서 딱 일 점이 모자라는 그 점수. 우리 가족 중 지금까지 면허 시험장에 따라간 사람은 없었다. 내가 몇 번 시험장에 따라가려고 했지만, 아버지의 격렬한 반대에 부딪혀 가지 못했으니, 일 점이 모자란다는 아버지의 해명인지 설명인지를 확인할 수는 없었다.

"그노ㅁ 꺼 딱 한 개만 더 맞혔으면 되는데…… 오

십구 점이었더란 말이야. 하, 아깝다 아까워."

열 번이 넘는 응시 끝에 필기시험 합격의 기쁨을 맛본 것도 잠시였다. 이어진 실기시험은 아버지에게 도저히 넘을 수 없는 벽처럼 보였다.

"내가 떨어지는 이유는 딱 하나야. 돌발."

불시에 멈추어야 하는 코스, 돌발상황이 제시되면 그때부터 아버지는 정신이 하나도 없다고, 번번이 떨어지는 것도 다 그것 때문이라고 했다. 하지만 어디 돌발뿐이겠는가. 나 역시 세 번의 도전 끝에 면허증을 땄는데. 아버지의 고충을 완전히 모른다고는 할 수 없다. 어쨌든 아버지의 면허 시험에는 두 가지의 '오직'이라는 단서가 따라다녔다.

"엄마, 돌발도 처음에나 돌발이지. 벌써 열여덟 번의 경험을 생각하면 그건 더이상 돌발이 아니라 일상이라고 해야 해."

그것이 무엇을 뜻하는지 엄마는 몰랐다. 다만 아버지에게는 늘 돌발이 문제였다.

엄마의 전화를 받으면서 나는 딸기를 사야겠다고 마음먹었다. 아버지가 유일하게 좋아하는 과일이 딸기였다. 마트에서 산 딸기 두 상자가 묵직했다. 벌써 여름에 들어선 건지 겨드랑이며 목덜미가 땀으로 축축했다. 한여름은 어떻게 날까. 작년 여름에 멈춘 원룸의 에어컨은 아직 고치지도 못했는데. 오래된 모델이라 부속품도 구하기 어렵고 수리비도 비싸니 새것으로 교체하는 편이 낫다고 출장 기사가 말했었다. 새로 사는 건 엄두가 나지 않아 망설이다보니 어느새 여름이 다가오고 있었다. 생활비를 줄이려 무진 애를 써도 여윳돈은 생기지 않았다. 월급이 오르면 물가가 올랐고 적금을 타면 원룸 보증금 올려줄 때가 되었다. 독립 선언을 하고 집을 나간 상황에서 보증금을 보태달라 할 수도 없다.

일 년 전, 모았던 돈으로 중고차를 샀다. 그랬더니 집에서 출퇴근하라는 압박이 들어왔다. 하지만 그건 자유를 포기하는 일이었다. 휴일 전날 심야 영화를 보다가 바다를 보러 가거나 수변 산책로가 있는 저수지를 찾아 몇 시간을 달려가는 자유, 목적지 없이 고속도로를 달리다 가벼운 밥 한 끼를 먹고 한적한 해안가를 배회하다 돌아올 수 있는 그 모든 떠남의 자유를 포기하는 일.

작년 여름, 가족들이 모여 삼계탕을 먹는 자리에서

아버지가 말했다.

"번듯한 직장을 가진 남자만 있으면 보낼 텐데. 쟤를 어쩌면 좋으냐."

거기에 오빠들과 올케언니들마저 입을 보탰다.

"그러게요. 그런데 그런 남자가 아직 남아 있을까 싶어요. 아가씨 나이가 서른다섯이면 좀 많은 편이잖아요."

"그럼, 나라도 서른다섯은 좀 그렇지."

오빠 부부의 말도 안 되는 소리를 들으면서도 나는 성실하게 가족 모임에 참여했다. 명절을 비롯한 모든 가족 모임에서는 늘 같은 패턴의 대화가 오고갔다. 나 또한 정해진 패턴대로 불뚝불뚝 솟는 화를 참지 못하다 제풀에 꺾였고 어느 순간 가족들 앞에 납작 엎드리게 되었다. 만둣국을 먹다가 또다시 화가 솟아 다시는 집에 안 온다고 마음먹었지만, 그것이야말로 지킬 수 없는 결심이었다. 가족들이 내린 내 미래에 대한 결론은 간단했다. 이미 번듯한 조건을 가진 남자와 만날 기회는 없어진 거다. 그러니 집으로 들어와 얌전하게 출퇴근하다보면 좀 부족하더라도 개중 괜찮은 조건을 가진 남자가 나타날 것이다. 그때 망설이지 말고 결혼하라는 거였다.

"모든 권리는 나한테 있으니 미련과 집착을 버리세요."

몇 번을 외쳐도 나의 선언에 귀기울이는 사람은 없었다.


나는 보름에 한 번 집에 온다. 시간이 좀 넉넉한 날이면 엄마와 이런저런 일을 하며 시간을 보낸다. 홈쇼핑에서 산 팩을 붙이고 아버지를 위해 김치전을 부치고. 대개는 짧은 시간을 머물다 가려고 애를 쓴다. 엄마와 할 이야기는 끝이 없이 많다. 내 직장인 N 마트에서 만난 사람들 이야기와 날로 늘어가는 전기요금과 부족한 생활비 이야기도 한다. 엄마는 안 쓰는 전기코드를 뽑아놓으라거나 수도꼭지를 냉수 쪽에 맞추어놓으면 보일러가 적게 돌아가 가스를 절약할 수 있다고 말해준다. 채소를 싱싱하게 보관하려면 신문지에 싸서 채소칸에 넣으라는 이야기까지 나누다 엄마가 내 손을 잡으며 말한다.

"정원아, 그런 귀찮은 걸 왜 하니. 결혼도 안 한 니가 왜 그런 일로 속을 끓여. 그러지 말고 집으로 들어와,

들어오면 엄마가 다 해주는데 손해볼 일 없잖어."

엄마의 사근사근한 말에 솔깃해진 내가 갈팡질팡하면 엄마가 다음 작전에 돌입한다.

"네 방 침대를 바꾸고 캐노피를 설치하는 건 어떠니?"

엄마는 아직도 나를 사춘기 여자아이로 보는 경향이 있다. 그래, 엄마 말대로 예쁘게 꾸민 방에서 엄마가 해주는 밥 먹고 직장에 다니면 좋겠지, 수도요금이며 전기요금에 신경쓸 일이 없을 테니까. 이때 엄마의 말에 현혹돼 몽롱한 상태에 있는 나를 일깨우는 것은 아버지의 한마디다.

"그렇지, 번듯한 놈이 하나 나타나지 않겠냐. 그때 번듯한 집도 사고 번듯하게 살면 얼마나 좋겠냐."

나의 모든 기대와 상상을 무너뜨리는 '번듯함'이라는 한마디에 나는 서둘러 시내 원룸으로 돌아가기 위해 자동차 열쇠를 찾는다.


오래전 아버지와 나는 불통으로 인한 전쟁을 여러 번 치렀다. 대화다운 대화를 해보려고 나섰다가도 결국에는 등을 돌리곤 했다. 우리 이야기는 시작부터 어굿나기 때문에 늘 결말까지 도달하지 못했다. 아버지는 사랑하는 장남이 육군사관학교를 졸업해 장교가 되고 막내는 공무원이 되어 아버지의 면을 세워줄 것이라 믿었지만 우리는 모두 실패했다. 나도 한때 공무원이 되기 위해 애쓴 적이 있었다. 노량진 고시촌에 가방을 풀고 밤낮없이 강의를 듣고 문제지를 풀던 날이. 그러나 공시생 시절은 오래가지 못했다. 그곳에서 만난 남자와 사랑에 빠졌다. 그때의 사랑은 찬란한 무지개처럼 빛났고 불꽃처럼 타올랐다. 삽시간에 불타오른 사랑의 열병은 너무나 짧은 시간만에 재로 변했다. 내게 온 그 사랑은 헛되고 헛되어서 빛도 열기도 금방 식어버렸다. 그 남자의 사랑은 너무나 가볍고 미미한 데다 양다리였다. 내게 찾아온 첫사랑의 본질이 그 모양이었으니, 악취나는 그곳에서 나의 미래를 더는 기대할 수 없었다. 졸업을 한 학기 남기고 시작했던 공무원 시험을 포기하고 학교로 돌아갔으나 졸업장을 어디에 써먹고 싶은 마음도 없어졌다. 복잡하게 생각할 이유가 없었기에 자퇴를 선택했다. 집으로 들어간 후 나는 날마다 아버지의 불쌍한 인생 타령과 맞서 싸워야 했다. 아버지와의 전쟁이 길어지는 동안 마음이 갈가리

찢겼지만, 흑역사로 얼룩진 노량진 고시텔로는 돌아갈 마음이 없었다. 팔 개월 연애의 열병으로 나의 심장은 꽁꽁 얼어붙었다. 아버지와 전쟁을 치르며 밥벌이를 찾아 헤맨 끝에 나는 성공했고 엄숙하게 선언했다. 아버지와의 전쟁이 끝났음을.

길가 현수막에 적힌 붉은 글씨를 읽는 동안 가슴이 서늘해졌다.

'돼지농장이 웬 말이냐. 물러가라, 물러가라!'

마을에 새로 이사온 사람이 돼지농장을 하기로 했다는 소식에 마을청년회에서 붙였다고 했다.

"공장이야 오가는 화물차가 위험해서 그렇지 다른 건 괜찮어. 그리고 사람들이 그 공장에서 밥을 벌고 살잖어. 근데 돼지농장은 아니지."

아버지의 이야기를 들으며 나는 돼지똥에서 나는 역한 냄새와 오물이 흘러 진창이 된 냇가를 떠올렸다. 엄마는 해마다 냇가 공터에 호박 모종을 심었다. 덕분에 여름이면 애호박을 넣은 된장찌개와 칼국수가 우리집 단골 음식이 되었다. 돼지농장이 들어오면 그런 건 포기해야 할지도 몰랐다. 쫄깃한 국수 위에 살짝 익힌 애호박을 양념해 올린 엄마의 칼국수를. 길옆 큰 밭이 휑하니 비어 있었다. 작년 가을까지는 보라색과 흰색 꽃이 흐드러지게 피어 있던 도라지밭이었다. 공기가 가득 든 꽃망울을 누르면 팡, 터지는 소리가 경쾌했었다. 내 미미한 양다리 사랑을 잊기 위해 집으로 도망친 뒤 해질 무렵이면 동네를 산책했다. 그때 수없이 꽃망울을 터뜨리며 그를 향한 저주의 말을 쏟아냈었다.

텅 빈 밭을 보니 할머니가 생각났다.

"뭐든 가꾸지 않으면 금방 못 쓰게 된다."

할머니는 세상에서 제일 용한 것이 사람 손이라고 했다. 꽃이 아무리 예뻐도, 땅이 아무리 기름져도 사람 손이 닿지 않으면 죄다 망가진다고. 해만 뜨면 논으로 밭으로 나가 일하고 저녁이면 끙끙 앓는 소리를 냈다. 몸빼 고무줄이 또르르 말려 올라가 종아리가 앙상하게 드러난 할머니를 보면 어디에 그런 힘이 들어 있는지 놀라웠다.

"할머니, 힘든 일 좀 하지 마."

"그럼, 일은 누가 하누? 괜한 소리 말고 이거나 붙여봐라."

손바닥만한 파스를 할머니 등과 어깨, 허리에 붙여

주고 잠든 날은 꼭 새벽에 눈이 떠졌다. 맵싸한 향이 눈과 코를 자극했기 때문이다.

드디어 우리집이었다. 늘어진 파란색 노끈을 당기자 대문이 열렸다. 마당에는 엄마가 가꾼 꽃들이 울긋불긋 피어 있었다. 이 주 전만 해도 보이지 않던 물망초가 활짝 벌어져 노란 꽃술이 눈에 들어왔다. 나는 마당에 서서 아버지를 불렀다. 몇 년 전 오래된 집을 수리하면서 마루에 유리문을 달았고 그 때문에 방에서는 소리가 잘 들리지 않았다. 두 번이나 아버지를 불렀는데도 안에서는 인기척이 없었다. 엄마는 오늘 시청 문화센터 노래 교실에 갔다. 매주 화요일 저녁, 엄마는 중요한 의식을 행하는 집전자처럼 외출 준비를 했다. 입을 옷을 다리고 아버지가 드실 반찬과 국, 청소까지. 문화센터 수요강좌에 등록한 뒤 엄마는 한 번도 결석한 적이 없다. 감기로 앓던 날에도 피로회복제와 쌍화탕을 마시고 갔으니까. 문화센터 수업이 끝나면 내가 일하는 마트에 와서 전화를 걸었다. 사무실에서 일을 하다 엄마를 찾아 매장으로 내려가면, 커다란 기둥 뒤에 보일락 말락 서 있는 엄마가 있었다. 어차피 사람들은 내가 엄마 딸이라는 걸 다 아는데도 엄마는 번번이 그랬다.

"아버지가 통 식사를 못 해. 뭘 사 갈까?"

나는 앞장서서 정육코너로 향했다. 때로는 샤브샤브용 쇠고기를, 때로는 감자탕용 등뼈나 자반고등어를 사는 것으로 장보기는 거의 끝난다. 엄마는 갑자기 생각난 듯 떠먹는 요구르트 몇 팩을 챙겨 계산대로 향했다.

유리문을 열고 안으로 들어갔다. 안방에도 아버지는 없었다. 딸기를 정리해 냉장고에 넣고 아버지에게 전화를 걸까 하다 그만두었다. 가까운 곳에 바람을 쐬러 나가셨겠지, 라는 타당한 추측이 떠올랐다. 나는 안방으로 들어갔다. 작은 찻상 위에 여느 때와 같이 면허 시험 문제집이 펼쳐져 있었다.

"새로 한 권 사서 봐요."

엄마가 위로와 격려의 마음으로 말하면 아버지는 말했다.

"아니, 왜 엄한 데 돈을 쓰라고 해. 아직 번듯하니 쓸 만한데."

아직 번듯하다는 아버지의 문제집에는 잘 알아볼 수도 없는 메모와 동그라미, 가위표가 가득 표시되어 있었다. 이번 시험에서도 아버지의 불합격 사유는 돌발이었겠지. 지난 열여덟 번의 시험에서와 마찬가지로. 아버지는 오늘 저녁 지난번과 똑같은 시험 후기를 내게 전하며 쓸쓸한 표정을 지을 것이었다.

엄마도 나도 아버지의 자기변호에 의문을 표시하지 않게 된 지 오래다. 오히려 다음에는 꼭 합격할 거라고, 필요한 건 뭐가 있냐고 묻기도 한다. 그런데 그 말이 언제까지 아버지에게 격려와 응원이 될까. 하루라도 빨리 희망 없는 아버지의 도전을 끝내게 하는 것이 아버지를 돕는 건 아닐까. 나는 방바닥에 주저앉은 뒤 등을 대고 누웠고 결국에는 두 눈을 감고 말았다.

요즘은 같은 꿈을 자주 꾼다. 절단된 두 개의 손가락에 관한 꿈인데, 그렇다고 무슨 괴기스러운 웹드라마는 아니다. 꿈은 무의식의 반영이라는데, 내 기억 어디에 잘린 손가락에 관한 이야기가 있는 것일까.

지난 추석에 아버지의 이야기를 들었다. 명절에도 이런저런 핑계를 대며 늦게 오는 오빠네 식구를 기다리며 우리 셋은 송편을 빚고 있었다.

"잃어버린 손가락이 영평제 축대 속에 남아 있을지

몰러."

어떤 말 끝에 아버지가 농담처럼 흘렸다. 엄마는 그저 흰 쌀가루로 만든 반죽을 떼어내 열심히 송편을 빚을 뿐 적당한 대답을 하지 않았다.

"그게 무슨 말인데?"

내가 두번째 물었을 때 아버지는 바람이나 쐬고 온다며 밖으로 나갔다. 꿀과 깨를 버무린 속을 넣고 반죽의 입술을 붙이려던 나는 아버지가 나간 문을 보고 있었다. 가슴 한쪽으로 차가운 바람이 지나는 것 같았다. 송편 만들기를 멈추고 가만히 나의 왼손을 들여다보았다. 다섯 개의 손가락이 작은 반죽 덩어리를 동그랗게 받치고 있었다. 검지와 중지를 최대한 구부리고 나머지 손가락만으로 송편 만들기를 시도해보았다. 모양을 만드는 것도, 입술을 단단하게 붙이는 것도 쉽지 않았다. N 마트에서 회계를 담당하는 나, 아침마다 야채 샐러드를 만들기 위해 치커리싹을 다듬고 보리 싹을 뽑아올리고 된장찌개를 끓이는 나, 빨래를 하고 운전도 하는 나. 그런 내게 검지와 중지가 없었다면 지금처럼 일하는 게 쉬웠을까. 불가능하지는 않았겠지만, 확실히 생산성이나 효율성은 떨어졌을 것이다. 모르긴 몰라도 우리 형제 중 아버지의 잃어버린 손가락을 기억하는 사람은 없다. 우리가 태어나기 이전부터 아버지의 손가락은 없었으니까. 내 식대로 하면 아버지에게는 그것이 원래부터 없던 것이었다. 그러나 이제는 분명히 안다. 원래부터 없던 것이 아니라는 것을. 평상시에 아버지는 왼손을 주머니에 넣고 다녔는데, 어릴 때는 그 모습이 너무 부끄러웠다. 어느 해 운동회 날, 술에 취해 지껄이던 동네 아저씨의 말을 들었다.

"지상인 손가락 병신이잖어."

'왜 하필 아버지야.' 나는 장갑을 끼면 늘어지는 빈 손가락이 싫었다. 무거운 짐을 들기 위해 이리저리 방향을 바꾸며 힘을 조절하는 아버지의 모습도 싫었다. 어떤 대화를 나누던 중이었는지, 누구와 하는 말이었는지도 모른다. 그저 병신이라는 소리를 듣는 순간 마지막 남은 계주도 포기하고 집으로 달려갔다. 운동회의 꽃은 마지막 순서에 있는 청백 계주였는데, 그해 청팀 선수로 뽑힌 내가 말도 없이 집으로 돌아온 것이다. 운동회가 끝나고 집으로 돌아온 엄마에게 등짝을 몇 대 맞으면서도 나는 사실대로 말하지 못했다. 배탈이 났다고, 설사가 너무 심해서 집으로 왔다고 거짓말을 했다. 저녁 내내 이불을 뒤집어쓰고 울다가 화가 나서 발버둥을 치다가 잠이 들었다. 눈을 뜨니 다음날 아침이었다. 당시에는 귀가 먹먹하고 무엇을 해야 할지도 생각나지 않을 만큼 큰일이었다. 그토록 강렬한 고통과 비애감을 느끼게 한 아버지의 잘린 손가락을 나는 어떻게 그토록 오래 잊고 살았을까.

\*

군복을 입고 검은색 안경을 쓴 군인이 냇둑에 서 있었다. 영평천에는 젊은 사람, 나이든 사람, 여자들, 학생들, 군인들, 그리고 나의 아버지가 있었다. 자갈을 밟으며 걸어 들어간 아버지는 뒤늦게 중심을 잡으려 애쓰며 무리 속에 섞였다. 그들을 움직이는 건 검은 안경을 쓴 군인이었다. 그의 말에 따라 사람들은 커다란 철망에 돌을 담았다. 둥글고 커다란 돌, 희거나 점이 찍힌 돌, 예각의 모서리를 가진 검은 돌까지. 하나, 둘, 아버지는 구령에 맞추어 돌을 담고 난 뒤 이마에 땀을 닦았다. 날카로운 돌에 손가락을 베이고도 아버지는 아픔을 참았다. 커다란 돌멩이에 짓눌린 손가락이 뚝,

꺾이던 순간에도 아버지는 아픈 줄 몰랐다. 붉은 피가 황토 물에 섞이고 그 핏자국마저 흔적이 없어진 뒤, 아버지는 비명을 질렀다. 손가락이 물속 어딘가로 사라진 뒤에야 아버지는 허둥대며 그것을 찾았다. 조금은 허술하고 순해 보이는 아버지가 웅얼거렸다.

"손가락, 내 손가락을 찾아줘요."

백지장처럼 변한 얼굴이 청색이 되었다가 다시 흑색으로 변한 후에야 사람들이 나섰다. 사람들이 소금 맞은 미꾸라지처럼 텀벙대며 잘린 손가락을 찾았지만 허사였다. 물은 맑아지지 않았고 하염없이 시간을 보내며 기다릴 수도 없었다. 운명으로 받아들이라고 했다. 군인 출신 대통령이 말했듯 애국과 충성의 마음으로 받아들이는 것, 그것이 아버지의 숙명이었다.

*

아버지를 찾아 나섰다. 뒷산 할아버지 산소가 있는 곳으로 향했다. 할아버지는 삼팔선을 넘었다가 변을 당했다. 남과 북을 가르는 최초의 경계선이 그어진 직후였다. 그때까지 한 마을처럼 오가던 곳을 갈 수 없게

된 할아버지는 위험을 무릅쓰고 월경했다. 부모님과 형님과 누이들이 그곳에 있었다. 분가했던 할아버지는 그들이 보고 싶은 마음보다 어렵게 구한 곡식을 나누어주고 싶은 마음이 컸다. 시름시름 앓던 누이의 안부도 궁금했다. 귀신도 놀랄 만큼 능숙하게 월경했던 할아버지는 마지막으로 누이를 만나러 갔다가 총에 맞았다. 실패할 확률은 거의 없다고 생각했던 할아버지였지만, 돌아오지 못했다. 시신도 찾을 수 없었다. 할머니는 함께 월경했다 돌아온 마을 사람에게서 할아버지의 사망을 확인했다. 당시 할머니는 아버지를 임신한 상태였다. 졸지에 유복자가 된 아버지는 6·25전쟁이 나던 그해 겨울에 태어났다. 연합군이 들어왔고 북쪽으로 진군과 후퇴를 거듭했다. 참혹한 전쟁이 지루한 전쟁으로 느껴질 때쯤 다시는 넘지 못할 경계선이 생겼다. 어려운 상황에서도 아버지는 건강하게 자랐다. 단지 키가 작아 할머니 애를 태운 것이 불효라면 불효였다. 할머니는 아빠 없는 아들을 지키기 위해 살았다. 그 덕분에 지금의 나와 오빠들이 있는 거라고 할머니가 말했었다.

"전쟁통이니까. 한집에 서넛이 죽기도 했지."

할머니에게는 하나밖에 없는 유복자, 아버지가 하늘이었고 땅이었고 목숨이었다.

큰 홍수가 난 어느 해, 마루턱에 앉은 아버지가 내게 말했다.

"포천은 들어오는 물은 없고 나가는 물만 있으니 관리를 잘하지 않으면 다 굶어죽게 되지. 저어기, 영평제가 없었으면 초입에 있는 논을 다 쓸어 갔을 건데, 그나마 저것이 있어서 이렇게라도 건졌지. 그때 우덜이 참 큰일을 했어."

그때도 아버지는 손가락 이야기는 하지 않았다. 나는 아버지가 낫질을 하거나 여물을 썰다가 다쳤을 거라는 상상을 하곤 했다.


잔디가 파란 할아버지 산소 주변을 둘러보아도 아버지는 보이지 않았다.

"아버지! 아버지!"

손나팔을 만들어 아버지를 불렀으나 대답이 없었다. 손바닥으로 혼유석을 문질러보니 뽀얗게 먼지가 묻어났다. 혼유석은 허묘에 어울리지 않게 크고 검은 대리석으로 만들었다. 아, 이제는 할머니를 모셨으니, 허묘가 아니다. 여든한 살을 사신 할머니는 큰 병치레 없이 살다 돌아가셨고 시신 없는 할아버지 묘에 안장되었다.

사람들은 할머니를 송 보살이라고 불렀다. 음력 초하루, 보름이 되면 할머니는 불공드릴 쌀을 이고 자인사로 향했다. 어느 때는 하루 먼저 가서 기도를 드린다고 했는데 다른 가족들은 그런 할머니의 정성을 귀찮아했다. 심지어 엄마까지도 힘들게 오가는 길이 마음에 들지 않아 함께 가지 않았다. 다행인 것은 할머니가 그런 가족들을 원망하거나 서운해하지 않았다는 사실이다. 오히려 혼자 집을 나서는 발걸음이 가벼웠다.

아버지는 어디로 가셨을까. 공장이 있는 북쪽은 딱히 갈 곳이 없다. 작은 식당이 있지만, 아버지 혼자 식사하러 가실 리는 없으니 그쪽은 확실히 아니었다. 논이 있는 들로 가거나 남쪽 영평제가 남았는데, 나는 제방 쪽에 마음이 끌렸다. 아버지는 가끔 제방 둑에서 북쪽으로 달리는 자동차를 바라보고 서 있었다. 지금쯤 흰 수염처럼 피어난 삘기가 바람에 흔들리고 있을 것이었다.

1977년에 시작했다는 제방 공사는 일 년 만에 끝났

다. 제방 공사에는 삼십사만 명의 땀과 노력이 깃들어 있다고 비문에 적혀 있었다. 아버지는 손가락을 잃고 딱 삼 일을 쉬었다. 그때 할머니는 아버지를 앞세우고 군인 인솔자를 찾아갔다. 세 번을 찾아간 끝에 겨우 만난 인솔자가 의자에서 일어났다. 묵직한 워커 소리를 내며 그가 아버지에게 다가왔다. 그러고는 검게 탄 두 팔을 아버지 어깨에 올려놓고 힘주어 말했다.

"지역을 사랑하는 향토민으로 길이 기억될 겁니다."

인솔자의 말이 끝나자 할머니가 말했다.

"손가락을 보상해줘요."

그때 아버지는 겁이 나서 아무 말도 생각나지 않았다. 제대도 했는데, 인솔자의 계급장을 본 순간 모든 것이 얼어붙었다. 잃어버린 두 개의 손가락에 대해서도 감히 말할 수 없었다. 견장을 보는 순간 번듯함, 명예로움, 자부심, 권력 같은 말들이 떠올라 고개를 숙였다. 할머니도 아버지도 겨우 그 한마디를 하고 인솔자의 사무실을 나왔다. 군인들이 훈련하는 연병장을 지날 때, 뙤약볕에 머리가 타버릴 것 같았다. 집으로 오는 동안 할머니의 고무신에서는 땀이 차 쩔꺽이는 소리가 그치지 않았다. 두 사람은 말없이 걷기만 했다.

다행히 할머니도 아버지도 울지 않았다.

어느 날 아침 작업자들이 모인 천변 공터에서 아버지는 우레와 같은 박수를 받았다. 그날은 바람이 적당히 불었고 멀리 초등학교 운동장에 걸린 태극기가 좌우로 휘날렸다. 한순간 손가락 없는 병신이 된 아버지는 강한 인내심과 정신력으로 미래에 있을지 모를 북한군의 탱크 공격으로부터 마을을 구하고, 나라를 구할 큰 제방을 쌓은 공을 인정받았다.

"박수 받는데 그걸 좋다고 해야 할지 어째야 할지 모르겠더라. 저 사람들이 나를 우습게 보는 것도 같았다가 한편으로는 잘했다고 칭찬하는 것도 같은 게. 마음 한편에서는 손가락을 변상해달라고 하라고 꼬드기는 말이 들렸지만, 사람들에게 큰 박수를 받고 번듯하게 얼굴도 내밀었는데 어떻게 그런 말을 또 하겠냐. 그 박수 소리가 이제 그런 건 잊어버리라고 윽박지르는 것 같았지."

제방의 수문 위쪽에 검은 대리석이 박혀 있었다. 콘크리트 반죽 위에 줄을 맞춰 양쪽에 네 개씩. 공사한 지 삼십여 년이 지나 너는 사람들의 눈길을 끌지 못하는 제방, 마른 덤불이 무성한 옆에 작은 구덩이 하나가 있었다. 둑에서 그나마 안전하게 서 있을 만한 곳은 그곳 밖에 없는데, 거기에도 아버지는 없었다. 초조한 생각이 들기 시작했다. 아버지의 이동 반경은 그리 넓지 않았다. 나는 불안을 억누르려 애쓰며 엄마에게 전화를 걸었다.

"버스 타려고 기다려. 왜?"

나는 궁금해서 그런다고 대답하고 전화를 끊었다. 조금만 더 찾아봐야지. 공연히 엄마를 놀라게 할 까닭은 없으니까 신중해야 했다. 다시 수문 아래쪽으로 고개를 내밀고 혹시 냇가 쪽에 계신 건 아닐까 해서 아버지를 찾아봤다. 저쪽 어딘가에 베이지색 점퍼를 입은 아버지가 있을 것만 같았다. 자동차 경적이 길게 울려 돌아보았다. 사거리를 지나온 버스가 맹렬히 달리는 중이었다. 설마 찻길로 나가신 건 아니겠지. 한 번도 그런 일이 없었는데. 아닐 거야. 나는 고개를 저으면서 사거리 쪽으로 고개를 길게 빼고 살폈다.

다리 위에서 바라보는 영평천은 한반도를 길게 늘여 놓은 것 같았다. 거기에 세로 쪽만 축척을 적용한 듯 약간 일그러진 모습이었다. 냇물은 가운데만 물줄기가 남았고 양옆으로는 흰 자갈이 깔린 마른 바닥이었다.

나는 그 자갈 위를 쩔쩔매며 걷던 젊은 아버지의 모습을 상상했다. 불안하게 앞으로 나가다가 결국은 두 손으로 바닥을 짚고 일어서는 아버지의 야윈 다리를, 주변을 돌아보는 당황한 얼굴과 너무 커서 발과 따로 노는 고무장화까지.

"기상이는 저쪽으로 가서 서, 가장자리로. 그래그래, 거기 서면 되겠어."

누군가 젊은 아버지가 설 곳을 정해주고 어서 빨리 자리를 잡으라고 재촉한다. 짧은 장화 위로 희고 야윈 아버지의 종아리가 보인다. 이십대 후반의 건장한 청년의 다리가 아닌 허여멀겋게 잔근육이 자리를 잡아가는 소년의 다리다. 하나, 둘, 셋, 구령이 울리자 사람들이 일제히 돌망태를 끌어다놓는다. 이끼가 낀 돌, 흙이 묻은 돌, 모가 난 돌, 둥근 돌, 네모난 돌 가릴 것 없이 비슷한 크기의 돌들이 채워져 둑을 덮는다. 젊은 아버지도 한발 나아가 다음 돌망태 앞에 선다. 그러고도 작업은 끝날 줄 모르고 이어진다.

자갈밭 건너 경사진 천변에 마른 갈대들이 서 있었다. 지난가을 하얗게 피었던 수염은 사라졌지만, 굵은 줄기들은 마른 채 그 자리를 지키고 있었다. 바람이 불때마다 바싹 마른 풀들이 서걱댔다. 그 아래 뿌리 부분에서 막 줄기를 피워 올린 갈대의 초록 잎이 자랐다. 새순이었다. 낡은 것을 보내고 새것이 자리잡는 이치는 사람이든 식물이든 다르지 않다. 저쪽 커다랗고 둥근 돌다리 건너편에 무언가 움직이는 것이 보였다. 자동차가 다니는 도로 말고 조금은 낭만을 즐기려는 사람들을 위해 돌다리가 놓인 근처였다. 징검다리가 끝난 냇둑에 희끄무레한 바위가 하나 있고 그 옆에 아버지가 있었다. 저기서 아버지는 무얼 하시는 걸까. 나는 다리를 건너 징검돌이 있는 냇가에 닿았다. 아버지! 이따금 속도를 내 달리는 자동차 소음 때문에 내 목소리가 잘 들리지는 않을 것이었다. 부스스, 자리에서 일어선 아버지가 나를 보고 손을 내저었다. 건너오지 말라는 신호였다. 나는 징검돌 앞에서 아버지가 건너오기를 기다렸다.

"언제부터 여기 계셨어. 내가 얼마나 찾아다녔는데……."

"바람이나 쐬려고 나왔다가 한 바퀴 돌고 쉬는 중이다."

아버지의 목소리는 톤이 낮고 느리다.

"다리가 다 만들어졌나봐요."

아버지는 고개를 끄덕이더니 마침 지나가는 버스 뒤꽁무니를 한동안 바라봤다. 아버지와 나는 도로 옆으로 난 길을 따라 천천히 걸었다. 승용차들이 달려가고 화물트럭이 바람을 일으키며 지나간 뒤에는 머리가 멍했다. 다리를 건너 마을 입구로 들어섰다.

"저어기, 막국수 집이 있지 않냐."

"있지. 막국수 드시러 가실래요?"

"그게 아니고 사람을 찾아왔단다. 어릴 적에 헤어진 형이라는데, 사람 꼴이 말이 아니라고 하더라."

"왜요?"

"무슨 보호소인가에 있었는데 이름도 횡설수설하고. DNA로 찾았단다."

"이름도 잘 모르는 사람이면 정상적으로 살기는 어려울 텐데. 왜 데리고 왔대요?"

"형제니까. 그런 곳에 모른 척 버려두면 쓰냐. 번듯하게 가게씩이나 하고. 살 만한 사람이."

"근데 형은 번듯하지 않잖아. 나이도 많으니 몸도 아플 테고 앞으로 얼마나 더 살지 아무도 알 수 없는데. 그런 사람을 데려와서 어떻게 해, 식당 하는 집에서."

"핏줄을 모른 척하면 사람이 아니지. 잠깐 봤는데 인물은 좋더라. 왜 그런 곳에 가서 살게 되었는지는 모르지만."

걷는 동안 아버지 걸음은 점점 느려졌다. 몸 한쪽에만 추를 매달아놓은 듯 기우뚱한 아버지의 몸이 금방이라도 균형을 잃을 것 같았다. 아버지는 잠깐 숨을 몰아쉬더니 말했다.

"헤어졌던 형제를 만났으니 얼마나 좋을 거야. 다시 만날 수만 있으면 뭐든 다 하지 않겠냐. 그깟 돈이나 체면이 중요하냐."

아버지는 할아버지를 생각하고 있는 것일까. 본격적인 전쟁이 발발하기도 전에 경계선을 넘어가 생을 마감한 당신의 아버지를.

"그때 제방 쌓을 때는 어땠어요?"

"뭐 다 같이 하는 일이니 어떻고 말고가 없지. 해야하는 일이니까 했지. 계급이 높은 군인이 왔어. 군인만 온 건 아니야. 면에서도 오고 군수니 도지사니 이름 붙은 사람들은 다 왔지. 저쪽, 그러니까 북쪽에서 탱크를 밀고 오면 그걸 막아야 하니까 제방이 필요하다고 했지. 우린 다 그런 줄만 알았고. 금방 며칠 안에라도 또 전쟁이 일어날 것 같았다. 다시는 전쟁이 일어나면 안 된다는 걸 우린 알고 있었다. 일단 전쟁이 나면 어떤 일이 생기는지 다 아니까."

"손가락 끊어진 자리가 아프진 않아요?"

"아프긴. 가끔 전기가 흐르는 것 같은 때가 있긴 하지."

아버지가 왼손을 오므렸다 폈다. 곧게 펴지지 않는 왼손의 검지와 중지가 화살표처럼 보였다.

"엄마가 걱정하던데."

"새삼스럽게 무슨……."

나도 아버지도 할말을 찾지 못했다. 아니, 더는 할말이 없는 것인지도 몰랐다. 우리는 꽤 오래 침묵을 지키며 걸었다. 모처럼 양손을 주머니에서 빼내 뒷짐을 지고 걷는 아버지를 뒤에서 바라보았다. 신발을 살짝 끌며 걷는 습관 때문에 아버지가 걸음을 옮길 때마다 쓱쓱 모래 가는 소리가 났다. 환지통, 있지도 않은 손가락이 느끼는 아픔은 상실감에서 오는 것이 아닐까. 누군가를, 무엇인가를 잃은 뒤에 찾아오는 통증, 그것은 슬픔이 불러온 환각이다. 아버지가 전기가 통하는 것 같은 찌릿한 통증을 느끼는 것은 할머니 뱃속에서 맞이한 느닷없는 이별 때문이 아니었을까. 눈과 입과 귀와 코가 형태를 갖추고 겨우 자리를 잡던 순간에 다른 가족을 만나기 위해 떠난 할아버지에 대한 원망이, 그리움이 눈덩이처럼 뭉쳐져 나타난 것이 아닐까. 생각해보면 얼굴도 보지 못한 할아버지를 어떻게 추억할 수 있을까. 할아버지에 대해 기억할 만한 사건도 하나 만들지 못한 아버지가 무엇으로 위로받을 수 있을까. 아쉬움과 원망이 모여 이슬방울이 되고 그것들이 모여 물방울이 되고 마침내 단단한 얼음덩이가 되어 아버지의 가슴을 얼리고 서릿발처럼 만든 건 아닐까.

언젠가는 아버지가 바라는 대로 아버지가 운전하는 차를 타고 아시안 하이웨이를 따라 달릴 수 있는 날이 오겠지. 나는 아버지 곁에 바짝 붙어 팔짱을 꼈다.

"곧 스무번째 도전을 시작하시겠네."

아버지가 헛기침인지 웃음인지 모를 소리를 내며 걸음을 빨리했다. 나는 아버지를 잡은 팔에 힘을 주며 말했다. 어라, 돌발이다.

# 부재가 아닌 무능과 과잉으로부터의 서사

임현(소설가)

1991년 3월의 어느 저녁, 로스앤젤레스 210번 고속 도로를 과속으로 주행중이던 한국산 승용차 한 대가 순찰대에 의해 검문을 당한다. 운전자는 로드니 킹이라는 이름의 아프리카계 남성이었다. 당시 킹은 음주 상태였고, 강도 및 절도 등의 혐의로 수감된 후 가석방 상태였으며, 만약 이대로 순순히 검문에 응한다면 가석방 취소 사유에 해당했다. 결국 킹은 도주하기로 마음먹는다. 경찰과의 기나긴 추격전 끝에 붙잡히게 된 킹은 거칠게 저항했으며, 그 과정은 고스란히 인근 주민의 비디오카메라에 담겨 방송사로 보내졌다. 그리고 전미로 송출된 킹의 모습은 아프리카계 미국인들로 하여금 분노를 일으키게 했는데, 경찰봉과 테이저 건, 구둣발 등에 의해 진압되고 있는 대상이 다름 아닌 텔레비전을 시청하고 있는 바로 자기 자신이라고 여겨졌기 때문이었다.

일명 '로드니 킹 사건'으로 인해, '노예 해방 선언' 이후 100여 년이 지났으나 여전히 차별 받는 흑인의 인권 문제에 대한 목소리가 거세지기 시작했다. 무엇보다 사태를 더욱 악화시킨 것은 이듬해, 과잉 진압으로 기소된 LAPD 소속 경찰관에 대한 재판 결과 탓이었다. 관련자 4인 중 3인이 무죄 판결을 받았고 겨우 1인만이 재심으로 결정되었다. 더군다나 당시 재판에 참여한 열두 명의 배심원 중 단 한 명의 흑인도 없다는 점도 석연치 않았다. 이런 일련의 이유로 로스앤젤레스의 거리는 순식간에 재판 결과에 불만을 품은 시위대의 물결로 뒤덮였으며, 시위는 이윽고 방화와 약탈 등의 폭동으로 이어졌다. 그러니까 그 폭동의 소요가 종국에는 한국계 미국인들의 거주지인 '코리아타운'으로까지 향한 것이다. 그에 따른 피해는 참담한 수준이었다. 사망자 53명, 부상자 4천여 명, 재산 피해만 해도

7억 5천만 달러에 달하는 금액이었다.

　이종숙의 「스마일 마켓」은 그로부터 30여 년이 지난 후의 이야기인 셈이다. 올해로 예순여섯의 '태오'는 50여 년이 넘는 이민생활을 하고 있고, LA 한인타운에서 '스마일 마켓'을 운영중이다. 사건의 발단은 '태오'의 선의에서 비롯된 행동 때문이었다. 그러니까 '스마일 마켓' 앞에서 자전거를 타던 아시아계 여자가 넘어지는 가벼운 사고가 있었다. 태오는 여자를 도우려 했다. 그리고 그때 함께 여자를 부축해 줄 거라고 기대했던 근처의 흑인 남녀가 돌연 넘어진 여자의 다리를 밟아 뭉갰고, 이를 목격한 태오가 반사적으로 그들을 힘껏 밀쳤던 것이다. 그러나 건장한 상대들에게 노년의 태오는 함부로 저항할 만한 수준이 아니었다. 무엇보다 길바닥에 나뒹굴며 의식을 잃는 순간 그들이 내뱉은 말은 아시아인에 대한 혐오를 담은 단어(kung flu)였다.

　태오가 당한 아시아인에 대한 인종적 차별과 부당한 혐오는 30여 년 전, 로드니 킹 사건을 환기시킨다. 다만, 그때와 지금이 달라진 점이 있다면 한인 사회의 입지가 이전에 비해 공고해졌고, 유례없는 팬데믹의 상

황을 맞이했으며, 무엇보다 "모든 것을 잃은 그때"의
경험이 존재한다는 것이었다.

> 오십여 년이 넘는 이민생활 중 그런 일이 처음은 아니었
> 다. 마켓을 운영하다보면 별별 사람이 다 있었으니까. 때
> 로는 아량을 보여 폭력을 묵인했고 가끔은 지역사회의 한
> 인 파워를 보이며 기를 죽이기도 했다. 그렇게 해도 안 되
> 었을 때는 경찰을 불렀다. 더구나 나이가 육십대 중반에
> 들어서니 자연스럽게 직접적인 폭력에 내몰리는 일은 없
> 었다. 그래서 자신에게 가해졌던 폭력의 공포를 막연히
> 옛일로 취급하며 잊고 살았다. 그런데 시간이 갈수록 주
> 먹을 휘두르던 남자의 모습이 선명하게 떠올랐고 어느
> 순간부터 그 주먹은 조금씩 커져 태오의 머리를 짓눌렀
> 다.(19-20)

신고한다고 새삼스럽게 달라질 것은 없었다. 이유
없는 공격에 억울함을 호소한다고 하더라도 풍족하고
아름다운 이 나라의 공권력은 "거지", "작은놈", "노
란 애"라고 불리는 이들의 사정까지 주의깊게 살피려
들지는 않기 때문이다. 그것이 오십 년의 이민생활 동

안 나름대로 '태오'가 깨달은 바였다. 무엇보다 "억울하다고 울 때 가장 약한 자"가 되는 것이야말로 세상의 이치였다. 30여 년 전, 폭동의 소요 속에서도 경찰은 '태오'와 '태오의 가족'을 구하러 오지 않았다.

그리고 그날 저녁, 텔레비전 뉴스에서는 모자이크 처리되지 않은 '스마일 마켓'이 등장했다. 다만, 보도되는 사건의 전말은 '태오'의 경험과 달랐다. 사실관계가 아주 잘못된 것은 아니었다. 자전거를 타던 아시안 여성이 익명의 누군가로부터 공격을 받았고, '태오'가 그것을 도왔다는 객관적 사실만은 그대로였으니까. 그럼에도 태오는 '혐오'와 '증오'가 빠진 단순한 폭행이라는 결론이 어딘가 석연치 않았다. 마찬가지로 뉴스 보도 후, 자신을 영웅으로 대하는 주변 사람들의 태도 역시 '태오'를 불편하게 만들었다. 그리고 그 불편함의 출처가 무엇인지는 그로부터 사흘 뒤, '스마일 마켓' 앞을 뒤덮은 쓰레깃더미로 인해 분명해졌다.

종류를 확인할 수 없을 만큼 뒤섞인 쓰레기에서는 오래 뒤 하수구에서 나는 악취와 음식물 썩는 내가 진동했다. 계단과 출입문 앞은 물론 길가에까지 흩어진 쓰레깃더미 앞에서 태오는 혐오스럽다는 말을 생각했다.

"찌질한 새끼!"

태오가 신고를 하고 경찰이 왔다. 당신에게 위해를 가할
만한 사람이 없습니까? 경찰의 질문에 태오는 흑인 남녀
를 생각했지만 성급하게 말할 수 없었다. 한 번도 이런 일
이 없었다고만 답했다.(26~27)

사흘간 이어지던 쓰레기 테러는 종국에는 생명을
위협하는 총격으로 이어진다. 그럼에도 태오를 더욱
불안하게 만드는 것은 그러한 의심의 실체를 확정할
수 없다는 점이었다. 맥락과 정황의 여지만 있을 뿐,
단정할 수 있을 만한 증거가 없었기 때문이었다. 무엇
보다 태오와 태오의 가족을 보호해 줄 거라 기대한 공
권력은 30년 전의 그날처럼 아무런 도움이 되어주지
못했다.

「스마일 마켓」에서 태오가 마주하고 있는 불안과 공
포의 실체가 무엇인지는 끝내 밝혀지지 않는다. 요컨
대, 혐오의 대상이자 위협받는 대상으로서 태오가 존
재함에도 그것을 누구의 책임으로 물어야 할지 독자
인 우리는 끝내 알 수 없는 것이다. 더구나 그것이 어려

움을 당한 누군가를 위한 선의에서 비롯되었다는 점은 행위의 상관성을 모호하게 만들 뿐만 아니라, 무차별적인 위협으로부터 무엇을 주의하고 대처해야 할지 알 수 없도록 무기력하게 만들어버린다. 만약, 이종숙이 그 실체를 쫓는 데 보다 관심을 기울였다면 지금과는 전혀 다른 버전의 '태오'의 이야기를 들었을지도 모른다. 그러나 「스마일 마켓」이 집요하게 환기시키는 것은 분명 한 사람의 '고립'이다. 그러니까 총성이 울리고, 익명의 군중으로부터 약탈당하는 '스마일 마켓'을 홀로 지키는 노년의 태오를 누가 구출해야 하는 것인가. 이에 대한 표준적인 정답은 이미 잘 알려져 있다. 합리적인 행정과 공정한 법률 체계, 그럼에도 그것이 매번 부족하고 뒤늦다는 점이 태오를 고립시킨 원인인 셈이다. 물론 관련된 시스템은 이미 구축되어 있다. 예컨대, 사태의 원인을 분석하는 뉴스 보도와 경찰의 전문적인 수사, 한인으로 구성된 상가운영회의 실질적인 대책 마련 등이 적절하게 이루어졌더라면 지금과는 다른 결말을 기대하게 했었을지도 모른다

　「스마일 마켓」이 시스템의 부재가 아니라 시스템의 무능으로부터 고립된 개인을 그려냈다면, 「손가락」은

「스마일 마켓」의 '태오'가 떠나올 무렵 우리 사회에 만연해 있던 애국과 충성으로 과잉된 시스템의 부작용을 그려내고 있다. 무엇보다 여전히 이때 훼손되는 것은 시스템이 아니라, 한 사람의 고유한 신체라는 점이 중요하다.

'나'의 아버지는 1977년 시작된 제방 공사에 동원되었다가 손가락 두 개를 잃었다. 공사를 지휘하던 군인들의 구령에 맞춰 돌을 옮기다가 그중 날카로운 조각에 손가락을 베였던 것이다.

붉은 피가 황토 물에 섞이고 그 핏자국마저 흔적이 없어진 뒤, 아버지는 비명을 질렀다. 손가락이 물속 어딘가로 사라진 뒤에야 아버지는 허둥대며 그것을 찾았다. 조금은 허술하고 순해 보이는 아버지가 웅얼거렸다.

"손가락, 내 손가락을 찾아줘요."

백지장처럼 변한 얼굴이 청색이 되었다가 다시 흑색으로 변한 후에야 사람들이 나섰다. 사람들이 소금 맞은 미꾸라지처럼 텀벙대며 잘린 손가락을 찾았지만 허사였다. 물은 맑아지지 않았고 하염없이 시간을 보내며 기다릴 수도 없었다. 운명으로 받아들이라고 했다. 군인 출신 대통령

이 말했듯 애국과 충성의 마음으로 받아들이는 것, 그것

이 아버지의 숙명이었다.(58)


예기치 못한 사고에 대한 책임 있는 사과나 정당한
보상은 없었다. 대신, 그 자리를 대신하는 것은 "미래
에 있을지 모를 북한군의 탱크 공격으로부터 마을을
구하고, 나라를 구할 큰 제방"을 쌓는 데 공헌했다는
애국이라는 이름의 운명이었다. 사고 이후, 천변 공터
에서 '나'의 아버지는 우레와 같은 다른 작업자들의 박
수 속에 둘러싸였다. 그러나 그것으로 더욱 공고해지
는 것은 국가라는 거대한 시스템일 뿐, 잃어버린 손가
락에 대한 변상이나 복원이 아니었다.

물질적이고 기술적인 풍요를 담보하는 문명은 그 반
대쪽에 야만이라는 미개하고 배척해야 될 대상을 두고
있는 듯 여겨진다. 그러나 우리가 실생활에서 경험하
게 되는 야만의 사례들이란 서로 다른 문화와 문명 간
의 대립으로부터 촉발되는 증오와 차별의 행태이거나,
편협하고 무모한 발전으로 야기되는 희생들이다. 이
종숙의 소설은 그 적절한 사례로 삼을 만하다. 요컨대,
그의 소설을 읽다보면, 문명의 독선이 언제든 우리를

야만적인 존재로 전락시킬 수 있다는 사실을 일깨우기 때문이다. 여기에 더해 이종숙은 시스템의 무능과 과잉으로부터 개인이 선택하고 의존할 수 있는 곳이 가장 원시적인 형태의 공동체인 '가족'이라는 점에 주목한다. 그리고 이 점은 이종숙의 소설에 대해 양가적인 감정을 품게 하는데, 여전히 한 사람을 품어줄 수 있는 최소한의 공동체가 존재한다는 희망적인 메시지인 동시에 유구한 문명의 역사가 우리를 온전히 더 나은 쪽으로 이끌었던 것만은 아니라는 회의감 때문일 것이다. 어쩌면 이종숙의 소설을 읽은 독자가 고민해야 할 지점이 있다면 바로 그 이후의 이야기일지도 모른다. 그러니까 이제 우리는 무엇을 해야 할 것인가. 고립되고 희생된 겨우 한 사람의 삶을 지키기 위해 혈연이 아닌, 오로지 시스템의 일부이자 구성원인 바로 우리 자신의 역할이 무엇인가. 그런 질문을 이종숙이 던지고 있는 것은 아닐까.

## 작가의 말

써놓은 글을 한동안 들여다보며
내가 정말 이 말을 하고 싶었던 게 맞는지
나에게 묻곤 한다.
말과 글의 거리와 글과 마음의 거리를 가늠하며.

어느 날 눈을 뜨니, 새벽 3시 40분이었다.
특별히 할 일이 있었던 건 아니다.
서늘한 바람이 뒷덜미를 훑고 지나갔고
그 순간이 너무나 서늘해 잠결에도 단박에 눈이 떠
진 거였다.

문장이 막혀 다음 장으로 넘어가지 못할 때,
생각이 뒤죽박죽일 때 그런 증세가 일어나곤 했다.
그날 새벽, 한동안 멈추었던 증상이 다시 시작되었음을 알았다.

어두운 거실 소파에 앉아 가만히 있었다.
아무 생각도 하지 않으려고 했다.
거기서 벗어나거나 더 심각해지려고도 하지 않았다.
실내 풍경이 차츰 드러났고 내 집 거실에 앉아 있다는
확신이 들자 따뜻한 이불 속이 다시 생각났다.

나는 언제까지 하고 싶은 이야기가 있을까.
며칠 동안 하고 싶었으나 참고 넘겼던 말이
살아남아 계속하라고, 그랬으면 좋겠다.
내일도, 다음날에도 하고 싶은 이야기들이 샘처럼
솟기를 바란다.

포기하지 않고 이렇게 버틸 수 있게 해준 모든 이들,
고맙습니다.

저는 앞으로 계속 갈게요.

2023년 서재의 불빛에서

이종숙

**이종숙**

2013년 계간 〈불교문예〉에 단편 「모크샤」로 등단하며 작품활동을 시작했다.
장편소설 『푸른 별의 노래』, 소설집 『아 유 레디?』, 여행에세이 『오늘은 경주』가 있다.
법계문학상, 한국소설작가상, 직지소설문학상을 수상했고, 2020우수출판콘텐츠에
선정되었다.
현재 '썸띵' 동인으로 활동하고 있다.

**스마일 마켓**

초판 1쇄 인쇄  2023년 12월 12일
초판 1쇄 발행  2023년 12월 22일

지은이 이종숙

편집 이경숙 정소리 이고호 | 디자인 윤종윤 이주영
마케팅 김선진 배희주 | 저작권 박지영 형소진 최은진 서연주 오서영
브랜딩 함유지 함근아 고보미 박민재 김희숙 박다솔 조다현 정승민 배진성
제작 강신은 김동욱 이순호 | 제작처 천광인쇄사

펴낸곳 (주)교유당 | 펴낸이 신정민
출판등록 2019년 5월 24일 제406-2019-000052호

주소 10881 경기도 파주시 회동길 210
문의전화 031.955.8891(마케팅), 031.955.2692(편집), 031.955.8855(팩스)
전자우편 gyoyudang@munhak.com

인스타그램 @gyoyu_books | 트위터 @gyoyu_books | 페이스북 @gyoyubooks

ISBN 979-11-92968-99-5  03810

이 책은 경기도, 경기문화재단의 지원을 받아 발간되었습니다.